L'ARBRE

DE

VINCENNES.

L'ARBRE

DE

VINCENNES,

VAUDEVILLE HÉROÏQUE

EN TROIS ACTES,

Par MM. THÉAULON DE LAMBERT
et DARTOIS DE BOURNONVILLE.

Représenté pour la première fois à Paris, sur
le Théâtre du Vaudeville, le 23 août 1814 ;
et à Rouen, le 25 du même mois.

A PARIS;

Chez MARTINET, Libraire, rue du Coq-Saint-
Honoré, et BARBA, au Palais-Royal.

PERSONNAGES. MM. et M^{mer}.

Le ROI. . . . . Henri.

Le Chevalier ROGER. . . . . Laporte.

Le Comte de LA MARCHE,
   sous le nom et les habits du
   Troubadour Alfred. . . . . . Isambert.

MARCEL , fermier de Vin-
   cennes. . . . . St-Léger.

MATHILDE , amante du comte,
   sous les habits de pélerine. . Desmares.

CLAIRE , fille de Marcel. . . . Betzi.

CHARLE , amoureux de Claire. St.-Aulère.

Le JUGE de St.-Maur.   René.

Pélerines.

Habitans de Vincennes.

Le Génie de la France . . . . Arsène,

Chœur aérien.

La Scène se passe dans le Bois de Vincennes.

COUPLET D'ANNONCE

AU PUBLIC.

Air : *Du pot de fleurs.*

Quelquefois, dans votre colère,
Avec rigueur, on vous a vu punir
Celui qui, cherchant à vous plaire,
N'a pas eu l'art d'y parvenir.
En vous offrant un Roi de France,
L'auteur, ce soir, a voulu vous donner,
Pour vous apprendre à pardonner,
Un modèle de clémence.

L'ARBRE

DE

VINCENNES,

VAUDEVILLE HÉROÏQUE.

ACTE PREMIER.

Le Théâtre représente l'entrée du Bois, du côté du village. Un obélisque gothique, servant de rendez-vous de chasse, est au milieu de la scène. L'action commence au point du jour.

SCENE PREMIERE.

Le Chevalier ROGER, *une lettre à la main.*

C'EST bien ici, je crois, le lieu indiqué pour le rendez-vous. (*Il lit.*) « Chevalier

1 *

» Roger, j'apprends à l'instant votre re-
» tour de la Palestine, et votre arrivée au
» château de Vincennes. Je suis impatient
» de vous presser dans mes bras. Trouvez-
» vous, seul, demain, au point du jour, au
» rendez-vous de chasse, qui est à l'entrée
» du village; un ami bien malheureux vous
» y attendra. » Un ami bien malheureux !
(*regardant autour de lui.*) je suis charmé
d'être arrivé le premier !

SCENE II.

Le Chevalier ROGER, ALFRED *portant un
luth en sautoir.*

ALFRED *avant de paroître.*

AIR : *Gai, gai, beau Chevalier.*

Honneurs,
Vaines grandeurs
Vous n'avez plus d'empire sur mon ame !
Honneurs,
Vaines grandeurs
Vous n'avez plus, pour moi, nulles douceurs !

LE CHEVALIER.

C'est un troubadour, évitons ses regards.
(*Il se retire à droite.*)

ALFRED *entrant*.

Simple troubadour,
Chantant tour-à-tour,
Mon Dieu, mon pays. mon prince et ma dame ;
Libre et sans détour,
J'éprouve, à mon tour,
Que l'on chante mieux aux champs qu'à la cour.

LE CHEVALIER.

Ses traits ne me sont point inconnus.

ALFRED.

Honneurs,
Vaines grandeurs, etc.

LE CHEVALIER.

Je ne me trompe point.

ALFRED , *sans le voir.*

Comment ! je suis le premier au rendez-vous !

LE CHEVALIER *avançant.*

En croirai-je à mes yeux ? Le comte de La Marche, à Vincennes, sous les habits d'un troubadour !

ALFRED.

Embrassez-moi, Chevalier, afin de n'en plus douter.

LE CHEVALIER.

Quelle imprudence ! Ignorez-vous que le Roi habite Vincennes ? Osez-vous, Comte, vous y arrêter un seul instant ?

ALFRED *gaiment.*

Bon ; j'y suis, depuis un mois.

LE CHEVALIER.

Comment avez-vous fait pour ne point y être reconnu ?

ALFRED *riant.*

J'y ai vécu en sage.

LE CHEVALIER.

Il est certain que cela suffit pour éloigner jusqu'au soupçon ; mais quels sont vos projets ? pourquoi ce déguisement ? et qu'attendez-vous de moi ?

ALFRED.

Vous avez su mon aventure ?

LE CHEVALIER.

J'ai appris votre exil : j'ignore encore si vous l'avez mérité.

ALFRED *gaiment et prenant son luth.*

Chevalier, en ma qualité de troubadour, je vais vous chanter cela. J'en ai fait la complainte la plus touchante ! vous allez l'entendre.

LE CHEVALIER.

Je vous écoute.

ALFRED.

AIR *de Doche.*

Mon père avoit terni sa gloire
Par le nom de séditieux ;
Et personne ne voulut croire
A son repentir glorieux.
    En mourant, mon père
Me dit pourtant ces mots chéris :
« Mon fils écris sur ta bannière,
» Tout pour l'honneur, tout pour Louis ? »

Tandis que le meilleur des princes
Etoit éloigné de ces lieux,
Au sein de nos belles provinces
Parurent quelques factieux.
    Des fautes du père
On accusa soudain le fils :
J'avois pourtant sur ma bannière,
Tout pour l'honneur, tout pour Louis.

Je croyois que mon innocence
Des méchans tromperoit l'espoir ;
La Reine servant leur vengeance
M'accable de tout son pouvoir.
   Injuste et sevère,
Elle m'exile et j'obéis,
Sans effacer de ma bannière,
Tout pour l'honneur, tout pour Louis.

Le Chevalier.

Je devine ; votre inconséquence et votre légèrete auront, seules, fourni à vos ennemis des armes contre vous.

Alfred *lui prenant la main.*

Vous me connoissez, chevalier Roger ! la Reine avoit choisi l'Italie pour le lieu de mon exil, et j'y vivrois, peut-être heureux, au sein des lettres et des beaux-arts, si le nom de rebelle ne pesoit sur mon cœur. En apprenant que le Roi avoit touché le sol de la France, mon ame s'est ouverte à l'espoir, et j'ai osé braver l'arrêt cruel qui me rend étranger dans ma patrie. (*Reprenant sa gaité.*) Depuis un mois j'habite ce village, où, sous le nom du troubadour Alfred, je gagne tous les cœurs par mes chansons et ma gaité.

LE CHEVALIER.

Le Roi croit à votre ingratitude ; Comte, il sera mal aisé de vous faire rentrer en grâce.

ALFRED.

Rentrer en grâce ! le ciel m'en préserve !

AIR : *Il me faudra quitter l'Empire.*

La cour est un mont redoutable,
D'où, pour mieux faire son chemin,
On cherche, d'un coup charitable,
A précipiter son voisin.
Du sommet j'ai fait la culbute,
Et je le dis, sans hésiter,
Je suis trop froissé de ma chute
Pour essayer d'y remonter.

LE CHEVALIER.

Quel est donc votre but ?

ALFRED.

De me justifier, de regagner l'estime de mon Roi, de lui consacrer ma harpe et mon épée ; mais de ne plus reparoître à la cour,

LE CHEVALIER.

Que ne vous jetez-vous à ses pieds, lors-

qu'il vient s'asseoir sous le grand chêne
de la forêt pour y rendre la justice.

ALFRED.

J'ai bravé les lois qui me défendent de
reparoître dans le royaume : si j'osois me
montrer aux yeux du Roi, avant ma
justification, je serois perdu. Chevalier,
je n'espère qu'en votre zèle et votre amitié,
vous savez que c'est demain la fête de ce
monarque adoré. Profitez de cette circonstance, la fête d'un bon Roi fut, de tout
temps, un jour de pardon.

LE CHEVALIER.

Vous pourrez compter sur moi.

ALFRED.

Je n'en ai point douté, chevalier Roger,
et votre retour m'a comblé de joie. J'avois
perdu l'espérance de vous revoir. Vous
avez, dit-on, bien souffert.

LE CHEVALIER.

Oui, des malheurs de notre Roi !

AIR *de la Sentinelle.*

De ses Etats séparé par les mers,
Rêvant toujours au bonheur de la France,
Ce noble Roi montra, dans ses revers,
Une héroïque et sublime constance,

Fidèle aux vertus, à l'honneur ;
De ses maux n'accusant personne...
Ah ! jamais un prince meilleur
Ne se montra dans le malheur
Plus digne d'occuper le trône.

Ensemble.

Non ; jamais un prince meilleur, etc.

ALFRED.

Chevalier, n'auriez-vous point trouvé ,
sur vos pas, en Palestine, l'intéressante et
belle Mathilde ?

LE CHEVALIER.

La dame de vos pensées !

ALFRED.

AIR *de Marianne.*

Depuis que dans la Palestine
Le roi Louis porta ses pas,
Sous le rochet de pélerine
Nos dames vont voir ces climats ;
 C'est une rage !
 Avec courage,
 Bourdon en main,
 Elles font ce chemin ;
 Et, quand nos princes
 De ces provinces
 Veulent, en vain,
Chasser le Sarrasin,

Pélerines, jeunes et belles,
Elles vont toutes à Sion,
Prier pour la conversion
De tous les infidèles.

LE CHEVALIER, *riant*.

Et Mathilde a fait comme les autres.

ALFRED.

Elle est partie quelques jours après ma disgrâce.

LE CHEVALIER.

Je vois que le pélerinage est en votre faveur. Je ne l'ai point rencontrée ; mais depuis le retour du Roi les pélerins se hâtent de quitter l'Orient. Mathilde ne peut tarder à rentrer dans sa patrie.

ALFRED.

Elle me croit en Italie.

LE CHEVALIER *riant*.

Une pélerine ne peut se dispenser d'aller à Rome. (*On entend une musette champêtre.*) Qu'entend-je ?

ALFRED.

Ce sont les villageois chargés des apprêts de la fête ; ils cherchent leur troubadour.

LE CHEVALIER.

Je vous laisse avec eux.

ALFRED.

Chevalier, je me fie à votre loyauté.

LE CHEVALIER.

Le doute seroit une injure. (*Il sort.*)

SCENE III.

ALFRED, MARCEL, CLAIRE, CHARLE,
Habitans de Vincennes.

CHŒUR.

AIR : *Chantons tous la bonne Lise.*

Pour une fête si chère,
Cueillons, ici, les bouquets
Les plus frais :
La fêt' d' not' Roi, d' not' père
Est celle des vrais Français.

MARCEL *arrivant.*

AIR : *Au coin du Feu.*

Où donc est-il notre homme,
C' troubadour qu'on renomme ?

2

Mais j' l'aperçois
Dans l'ardeur qui l'anime,
J' gage qu'il cherche une rime
Au fond du bois.

CHŒUR.

Pour une fête si chère, etc.

CLAIRE.

Dans la forêt d'Vincenne
Venir tout seul, à peine
Si j'vous conçois ;
Tenez, moi qui vous parle,
J'n vais jamais sans Charle
Au fond du bois.

CHŒUR.

Pour une fête si chère, etc.

CHARLE.

Ell' dit qu'elle est peureuse ;
Mais c'est une menteuse,
A c'que je crois ;
Quand j'allons sous l'ombrage
C'est ell' qui m'encourage,
Au fond du bois.

CHŒUR.

Pour une fête si chère, etc.

ALFRED.

Eh bien, mes amis tout sera-t-il ter-
miné pour ce soir ?

MARCEL.

L' vin est tiré d'abord.

CHARLE.

Les tables sont dressées.

CLAIRE.

Les bouquets sont prêts.

MARCEL.

Et nos cœurs aussi , morgué. L' roi
sera content !

AIR : *Ah ! que de peines dans la vie.*

Pour cette fête solennelle ,
La premièr' d'puis son retour ,
J'n'avons pas épargné not'zèle ,
Ni not'bon vin... ni not'amour !
Un'fois l'an on peut l'fêter , je pense ,
Puisque sur nous, veillant toujours,
Par ses bienfaits , la fête de la France
Sera désormais tous les jours.

CHŒUR.

Par ses bienfaits , etc.

MARCEL.

Enfans , je sommes ben aise d'vous
voir ici tous rassemblés , pour vous an-
noncer un' fête de plus.

2 *

TOUS.

Une fête !

MARCEL..

Oui , morgué , une fête ! Ma fille a quasi seize ans ; regardez-moi-ça. Ell' promet , pas vrai ? eh ben ! jarni , j'la marions demain.

CLAIRE.

Moi ! mon père.

CHARLE.

Se pourroit-il ?

ALFRED *à Charle.*

Heureux coquin.

MARCEL.

Ecoutez , écoutez tous (*Il monte sur un débris de l'obélisque*) , quel est le plus aimable garçon qui soit dans tout l' village ?

TOUS.

Le troubadour Alfred.

MARCEL.

Quel est le plus joyeux ?

Tous.

Le troubadour Alfred.

Marcel.

Quel est celui qui chante toujours?

Tous.

Le troubadour Alferd.

Marcel.

Qui est-c' qui fait l' mieux danser les fillettes ?

Les fillettes.

Le troubadour Alfred.

Marcel.

Par ainsi, c'est l'troubadour Alfred que j'ons choisi pour not' gendre.

Charle.

Ciel !

Alfred.

Moi, père Marcel ?

Marcel.

Oui, toi, mon garçon.

CLAIRE, *à part.*

Que je suis donc fâchée d'aimer Charle !

MARCEL.

AIR : *Ton amour à ton père.*

Ta gaité vive et franche
A su charmer mon cœur ;
Et je veux , en revanche,
Assurer ton bonheur.
Entre dans ma famille ,
J'te charge , beau troubadour ,
D'faire chanter à ma fille
Son premier chant d'amour.

ALFRED.

Comment , père Marcel ; mais vous n'y
pensez pas ! Vous , le plus riche fermier
de Vincennes , donner votre fille à un
troubadour sans fortune , sans asile , et
que vous avez été forcé de recueillir chez
vous !

MARCEL.

Morgué ! c'est pour ça ; d'ailleurs , je
te l'disons franchement , c'est ta jovia-
lité , qui me détermine ; j'ons toujours désiré d'avoir un troubadour pour

gendre : te v'là , j'voulons m'en passer la fantaisie.

ALFRED.

Mais réfléchissez...

MARCEL, *fâché.*

J'espérons ben que vous n'allez pas nous refuser.

CHARLE.

Père Marcel, vous savez que j'aime votre fille.

MARCEL.

Tu n'est pas assez gai pour être mon gendre , toi.

CLAIRE.

Mon père , j'vais mourir de chagrin.

MARCEL.

J' n'ons pas peur de ça.

AIR : *Du Vaudeville de* au feu!

Quand le tourment d'amour
Trottera dans ta tête,
Le joyeux troubadour
Emploira sa recette;

Il s'approch'ra ,
Et, par un' chansonnette,
Il t'charmera
Et te consolera.

Même air.

Si tu meurs de chagrin
Bien loin d'perdre la tête,
Le troubadour, soudain,
Emploira sa recette ;
Il s'approchera ,
Et, par une chansonnette,
Il t'charmera
Et t'ressuscitera.

ALFRED.

Mais, père Marcel, vous paroissiez
avoir de l'amitié pour Charle ?

MARCEL.

Et j'en ons encore ; c'est un brave
garçon, oui da ; mais pourquoi n' s'ait-il
pas chanter ! il me faut un gendre qui
chante, à moi ! par ainsi, touchez là !

CLAIRE.

Ah ! seigneur Alfred, refusez-moi , je
vous en prie.

MARCEL.

Ça m'est égal ; s'il te refuse, j'atten-

drons qu'il nous vienne un autre troubadour, quand tu devrais rester fille,
encore trente ans.

CLAIRE.

Ah, mon Dieu ! Charle, trente et
seize, combien cela fait-il ?

CHARLE.

Quarante-six ans.

CLAIRE (*à part*).

Je n'aurai jamais assez de patience.

MARCEL, *lui tendant la main.*

Eh ben ! voyons, seigneur Alfred,
acceptez-vous ?

ALFRED.

(*A part.*) Il n'en démordra pas, (*haut,
en riant et lui prenant la main*) j'accepte,
père Marcel.

MARCEL.

V'là qui est dit ; j'allons passer chez le
tabellion.

ALFRED.

Chargez-moi de ce soin.

MARCEL.

Eh ben , soit. Qu'il tienne l'contrat tout
prêt pour ce soir j'prierons not' bon roi
d'nous bailler sa signature; ça vous portera bonheur. Vous, mes enfans, re-
tournez à la ferme pendant qu' j'irons
chez l'juge de Saint-Maur , pour savoir
si j'ons gagné ou perdu not' procès.

AIR *de la Valse du pauvre diable.*

Allons , enfans , livrez-vous à la joie,
Et songez bien qu'il vous faut , tour à tour,
Au roi chéri , que le ciel nous renvoie ,
Montrer, ce soir, autant d'gaité qu'd'amour.

CHARLE.

Me séparer ainsi de mon amie!

MARCEL.

Çà , mon garçon , fais trève à ton chagrin.

CLAIRE , *pleurant.*

Contre mon gré , demain , l'on me marie!

MARCEL.

Ris aujourd'hui , tu pleureras demain.

Ensemble.

Allons, enfans, livrons-nous à la joie, etc.

ALFRED, *gaiment à Claire.*

Rassure-toi, jeune et gentille Claire,
Un troubadour eut toujours un bon cœur;
Et je te jure, en face de ton père,
Que je ne songe, ici, qu'à ton bonheur.

Ensemble.

Allons, enfans, etc.

(*Alfred sort d'un côté et les Villageoises de l'autre*).

SCENE IV.

MARCEL, *seul.*

Enfin, me v'là au comble de mes vœux;
j'allons avoir un gendre comme il m'en
falloit un, un gendre dont la gaité em-
bellira mes vieux jours.

AIR : *Songez donc que vous êtes vieux.*

Le soir à mon retour des champs,
Dans ma chaumière fortunée,
Il me délass'ra, par ses chants,
Des fatigues de la journée;

Et, d' reconnoissanc' pénétré,
Pour son ait sublim' que j'admire,

(*Avec bonhomie*).

Tous les soirs je m'endormirai
Aux accords charmans de sa lyre.

(*Il va pour sortir.*)

Mais, qu'est-ce que je vois donc là ? (*Il se retire à droite.*)

SCENE V.

MATHILDE, PELERINES, MARCEL (*à l'écart.*)

MATHILDE.

AIR : *L'Hymen est un lien charmant.*

Je vais donc les revoir, enfin,
Ces murs où commença ma vie ;
O Seine, ta rive chérie
Vaut mieux que celle du Jourdain.
Plus sur une lointaine plage
Le cœur emporta de regrets,
Plus on fut en butte à l'orage,
Pendant le cours d'un long voyage,
Et plus la patrie a d'attraits
Au retour du pélerinage !

MARCEL (*à part.*)

Ventregué ! ell's sont gentilles.

MATHILDE (*aux Pélerines*).

Arrêtons-nous en ces lieux ; on célèbre à Vincennes la fête du Roi, nous prendrons part à l'allégresse publique.

MARCEL (*à part*)

J'ons une démangeaison de leur parler.

MATHILDE (*à elle-même*).

J'ai appris, en Italie, que le comte s'étoit rendu à Vincennes sous le nom d'Alfred et sous l'habit d'un troubadour ; mon cœur palpite en songeant que je suis si près de lui ! heureuse Mathilde ! tu vas donc le revoir, après une absence de trois années !

AIR *connu.*

Partant pour la Syrie,
Je lui dis « au retour,
« A l'autel, ton amie
« Couronnera l'amour. »
Du retour l'heure sonne,

(*Avec une gaité naïve.*)

Un peu plus, j'oubliois
D'apporter la couronne
Que je lui destinois.

3

MARCEL (*à part.*)

Faut absolument que je les abordions.

MATHILDE (*l'appercevant.*)

Un villageois ! il connoîtra, peut-être, le troubadour Alfred.

MARCEL (*approchant en saluant.*)

Excusez, mesdames les Pélerines, la liberté que j'prenons d'vous interrompre ; mais j'ons entendu que vous voulez rester à la fête du Roi, et je vous offrons d'bon cœur not' ferme et not' table.

MATHILDE.

Nous acceptons avec reconnoissance ; la chaumière du villageois est le séjour de l'innocence et de la paix.

MARCEL.

Oh ! pour ce c'qui est d'ça, je n'vous en répondons pas aujourd'hui. J'marions not' fill', voyez-vous ! et, dans un mariage, il y a toujours un peu de remue-ménage ; mais on aura pour vous tout l'respect que méritent des Pélerines.

MATHILDE.

Nous sommes prêtes à vous suivre. Habitez-vous Vincennes ?

MARCEL.

Oh ! c'nest pas loin ! vous voyez ma ferme à travers les arbres.

MATHILDE.

Vous devez avoir entendu parler du troubadour Alfred ?

MARCEL.

Si j'en ons entendu parler ! (*riant.*) un tantinet.

MATHILDE.

Vous le connoîtriez !

MARCEL (*avec suffisance et bonhomie.*)

C'est mon gendre.

MATHILDE.

Votre gendre !

MARCEL.

J'croyons ben qu'il y manque encore queuque petite formalité ; mais demain....

3 *

MATHILDE (*à part.*)

Une simple fille de village ! le comte !
il se pourroit !

AIR : *Des Scythes.*

Quand , sous l'habit de pélerine,
J'allai prier , avec ferveur ,
Dans les champs de la Palestine ,
C'étoit pour lui rendre l'honneur.
Perdant le prix de mon courage ,
Me faudroit-il , à mon retour ,
Pour lui rendre , hélas ! son amour ,
Faire un nouveau pélerinage ?

MARCEL.

Est-ce que vous connoîtriez , le seigneur
Alfred , par hasard ?

MATHILDE.

Sa réputation de troubadour est venue
jusqu'à moi.

MARCEL.

Quand je disois qu'il faisoit du bruit
dans le monde ! Eh ben ! jarni , vous
l'verrez.

MATHILDE.

Il fait , sans doute , un mariage secret ?

MARCEL (*fâché.*)

Un mariage secret! apprenez, madame,
que j'aurons la signature du Roi.

MATHILDE.

Son innocence a donc été reconnue ?

MARCEL.

Il y a ben long-temps, ma foi ! du premier jour d'son arrivée à Vincennes. Mais
j'oublions que vous avez besoin de repos;
venez, venez, j'vas vous montrer l'chemin d'la ferme.

MATHILDE (*à part.*)

Cachons mon trouble et suivons-le,
pour m'assurer de la vérité.

MARCEL.

AIR : *Ermite, bon Ermite.*

Gentille pélerine,
Allons, imitez-moi;
C'est mal d'être chagrine
L'jour d'la fête du Roi.
Venez dans ma chaumière,
Sans vous faire prier;
Et not' gendre, j'espère,
Saura vous égayer.

MATHILDE.

Ah ! pauvre pélerine,
Au plaisir livres-toi ;
C'est mal d'être c'hagrine
A la fête du Roi.

LES PÉLERINES.

Gentille pélerine
Au plaisir livres-toi , etc.

MARCEL.

Gentille Pélerine ,
Allons, imitez-moi , etc.

Ensemble

Fin du premier Acte.

ACTE II.

Le Théâtre représente l'entrée du Bois , du côté du château , dont on aperçoit le donjon au-dessus des arbres ; à droite de l'acteur , est une petite chapelle gothique.

SCENE Ire.

LE ROI , Le Chevalier ROGER , Un PAGE *portant un livre.*

LE CHEVALIER.

Ainsi , c'est à votre Majesté qu'étoit réservée la gloire de mettre fin à ces luttes brillantes , mais cruelles , dans lesquelles la France à perdu tant de nobles enfans.

LE ROI.

Mes peuples ont besoin de la paix, et je mettrai tous mes soins à la rendre durable et glorieuse.

Le Chevalier.

C'est ainsi que les princes se font bénir !
et vous avez encore un droit plus grand à
la venération des Français ! Je veux parler
de votre vertu favorite , votre amour pour
la justice.

Le Roi.

Elle est un besoin pour mon cœur.

Air *d'Angélique et Melcour.*

Dans mes mains le Ciel à remis,
Pour la gloire qui m'accompagne,
Et la balance de Thémis
Et le sceptre de Charlemagne.
Entre ces attributs altiers,
D'un choix, si je courais la chance,
Je quitterais plus volontiers
Le sceptre que la balance!

Le Chevalier.

Eh bien, Sire, qu'il me soit encore per-
mis d'élever la voix, en faveur de l'amitié.

Le Roi, *sévèrement.*

Chevalier Roger, je vous ai dit ce que
je pensais de votre ami. La Reine l'a condamné, il étoit coupable.

Le Chevalier.

Sire, la calomnie....

Le Roi, *l'interrompant.*

N'eut jamais d'accès près de la Reine et n'en aura jamais auprès de moi ; mais voici l'heure où j'aime à pénétrer dans ce bois, et à m'y livrer aux charmes de la lecture et de la méditation. Allez, Chevalier, je vous charge de consoler mes braves guerriers de l'oisiveté que le bonheur de mes peuples impose à leur valeur. (*Le Chevalier sort, le Roi prend le livre des mains du Page qui s'éloigne aussi.*)

SCENE II.

LE ROI, *seul.*

Rendons-nous sous cet arbre fortuné où je goute, tous les soirs, le plaisir le plus doux comme le plus pur, celui de me voir entouré de mon peuple et d'entendre bénir mon nom.

Air : *De la robe et les bottes.*

Quand je vois près de la Couronne
Tant de flatteurs et tant d'ennuis,
Lorsque je vois l'erreur si près du trône
Je maudis le rang où je suis ;

Mais sur ce trône qu'on révère,
En prenant l'équité pour loi ,
Quand je songe au bien qu'on peut faire
Je me trouve heureux d'être Roi !

SCENE III.

LE ROI, CLAIRE.

CLAIRE, *sans le voir.*

Le Roi s'promène toujours à cette heure
dans le bois ; si je pouvois le rencontrer,
je n'craindrois pas de lui parler. (*Elle l'ap-*
perçoit et recule avec précipitation.) Le voilà !
C'est singulier: le cœur me bat , les jam-
bes me manquent , et je ne peux plus ni a-
vancer , ni reculer , ni parler.

LE ROI , *sans la voir.*

Je veux que tous mes sujets m'abordent
avec confiance.

CLAIRE.

Alors , je puis approcher.

LE ROI , *de même.*

Qu'ils me parlent avec franchise.

CLAIRE.

En ce cas je puis parler.

LE ROI.

Et je ferai justice au plus simple villageois, comme au plus grand seigneur de
ma Cour.

CLAIRE.

Bon ; je puis épouser Charle. (*Tous-
sant pour se faire remarquer.*) Hein ! hein.

LE ROI.

Ah ! ah ! c'est une jeune fille ! La fille
de Marcel, je crois.

CLAIRE.

Moi-même, Sire.

LE ROI, *avec bonté.*

Approchez, approchez. (*Elle hésite.*)

AIR : *Mon ami, rapproche-toi.*

Mais pourquoi cette contrainte ?
Vous tremblez, ma belle enfant,
De peur votre ame est atteinte.

CLAIRE.

Je croyois, jusqu'à présent,
Qu'on ne trembloit que de crainte,
Près de vous, je crois sentir
Qu'on peut trembler de plaisir.

LE ROI.

Que me demandez-vous ?

CLAIRE.

AIR : *Du vaudeville de Partie Carrée.*

A vos genoux, dans cette circonstance,
J'viens vous prier de combler tous mes vœux ;
Je ne pouvois mieux m'adresser, je pense,
Puisqu'il s'agit de faire des heureux.
Si vous r'fusez, ma pein' sera bien grande:
   Daignez m'exaucer, aujourd'hui,
  Je n'puis m'passer de c'que je vous demande,
    (*Avec une révérence.*)
   Sire, c'est un mari !

LE ROI, *riant.*

Ah ! ah ! vous voulez vous marier !

CLAIRE.

Dame ! c'est que... voyez-vous, on s'est toujours marié dans notre famille, et je ne voudrais pas faire autrement que les autres.

LE ROI, *avec bonté.*

Votre père ne veut donc pas vous marier ?

CLAIRE.

Il ne veut pas me donner pour mari celui que j'ai pour amant.

Le Roi, *sévèrement.*

Songez que l' premier devoir d'un enfant est d'obéir à son père.

Claire.

Vraiment, Sire, je l' sais bien ; et, comme vous êtes notre père à tous, si vous vouliez dire un mot, mon père vous obéiroit et, alors, je n' lui désobéirois pas.

Air : *Une fille est un oiseau.*

Mon père veut, en ce jour,
Malgré l'amour qui m'engage,
Pour un garçon de c'village,
Que j'épouse un Troubadour.
Je n'veux pas êtr' sa compagne:
Avec lui, j'sais c'que l'on gagne;
Il n'fait qu'courir la campagne ;
Et, Sire, vous savez bien
Qu'lorsqu'on a, dans l'mariage,
Un homm' qui toujours voyage
C'est comm' si l'on n'avoit rien.

Le Roi.

Ma belle enfant, vous avez eu confiance en moi, vous ne vous en repentirez pas.

4

SCENE IV.

Les mêmes, MATHILDE.

MATHILDE, *se prosternant aux pieds du Roi.*

Sire, justice ! justice !

Le Roi.

Je vous la dois, Madame, relevez-vous.

Claire, *à part.*

C'est la pélerine que mon père a rencontrée.

MATHILDE.

AIR *du Confiteor.*
Je viens, à votre tribunal,
Sire, vous demander vengeance
Contre un chevalier déloyal
Dont vous devez punir l'offense.
Pour un Français, son crime est des plus grands :
Sire, il a trahi ses sermens.

Claire.

On ne voit plus que cela, à présent.

Le Roi.

Vous accusez un Chevalier ?

Mathilde.

·Oui, Sire.

Romance.

Air *de Doche*.

Un jeune et vaillant Chevalier
M'avoit fait serment de constance ;
Nœuds d'Hymen alloient nous lier,
Du bonheur avais l'espérance ;
Mais le ciel déploya sur nous
Toute sa justice divine ;
Et, pour appaiser son courroux,
Je pris l'habit de pélerine.

« Belle, dit-il, tu vas, pour moi,
» Prier aux champs de la Judée ;
» Et je te jure que ma foi
» Te sera noblement gardée.
» Adieu, cours accomplir tes vœux ;
» Mais te souviendras, j'imagine,
» Qu'ici, j'attends, pour être heureux,
» Le retour de la pélerine. »

Malgré l'orage et le turban,
J'ai touché la colline sainte ;
Et l'écho sacré du Liban,
Trois ans, a répété ma plainte.

Enfin mon vœu fut entendu,
Vers mon amant je m'achemine ;
Mais l'ingrat n'a point attendu
Le retour de la pélerine.

LE ROI.

Je vous ferai raison de sa déloyauté ;
mais il faut ainsi que je l'entende. Est-il
à Vincennes ? quel est son nom ?

MATHILDE.

Sire.....

SCENE IV.

LES MÊMES , CHARLE.

CHARLE.

Ah ! mon Dieu ! mon Dieu ! tout le village est ensorcelé, j' n'avons plus d'espoir
qu'en notre bon Roi.

LE ROI.

Comment ! (*Charle intimidé se cache
derrière Claire.*)

CLAIRE *se présentant au Roi.*

Sire, c'est celui que j' voudrois épouser ; un bon garçon qui n'a pas de malice.

LE ROI.

Fort bien. (*A Charle.*) Qu'est-il donc arrivé ?

CHARLE.

AIR : *Il étoit une Fillette.*

A la têt' de tout l'village
J' viens d' voir c'méchant Troubadour :
A danser il l's'encourage
Et leur donne, tour-à-tour,
Et des bouquets
Et des couplets,
C'est pour son mariage,
Je l' gage ;
Il est temps, soyez notre appui.
Parlez, pour nous, dès aujourd'hui ;
Pour l'épouser, s'il va ce train,
Sire, tout sera fait demain !

LE ROI *avec intérêt.*

Quel est ce Troubadour ?

CHARLE.

Un sournois qui cajole toutes nos filles :
j' demande...... (*Avec emphase et après
avoir cherché.*) Qu'il soit exilé du village !

LE ROI.

Rendez-vous , ce soir , sous le grand

chêne, mes enfans, il ne sera pas dit qu'il
y ait des malheureux si près de moi.

AIR : *Je regardois Madelinette.*

Je veux toujours faire connoître
L'amour que j'ai pour mes sujets ;
Leur bonheur ne peut jamais être
Aussi grand que je le voudrois.

CHARLE.

Béni soit le Roi qu'on révère,
Et qui protèg' petits et grands.

LE ROI.

Un Roi doit aimer, en bon père,
Egalement tous ses enfans.

CHŒUR.

Je veux toujours faire connoître, etc.

MATHILDE, CLAIRE, CHARLE.

Il veut toujours faire connoître
L'amour qu'il a pour ses sujets ;
Son bonheur ne peut jamais être
Aussi grand que je le voudrois.

(*Le Roi sort en lisant.*)

SCENE V.

MATHILDE, CLAIRE, CHARLE, ALFRED
accourant, un contrat à la main.

ALFRED *à Claire et à Charle.*

Vous voilà, mes amis, je vous cher-
chois. Je viens de chez le tabellion; tout
va selon mes vœux.

MATHILDE.

C'est le Comte ! (*Elle s'appuie contre
la chapelle.*)

ALFRED.

Demain tout le monde sera heureux !
tu te marieras, mon cher Charle !

AIR : *Le cœur de mon Annette.*

> Dans ton petit ménage,
> Grace à mes soins, bientôt,
> Tu montreras, je gage,
> Que tu n'es point un sot.

CHARLE *se frottant les mains.*

> J' vous l' dis tous bas
> C'qu' vous croyez, monsieur, n'arriv'ra pas.

ALFRED.

Que veut-il dire ? (*Allant à Claire.*)

Vous, ma charmante Claire,
Dans ce lien chéri
Vous aimerez, j'espere,
Toujours votre mari.

CLAIRE *faisant la révérence.*

J'vous l' dis tout bas
C' qu'vous croyez, monsieur, n'arriv'ra pas.

ALFRED *gaiment.*

Je veux mourir si je comprends quelque
chose à vos réponses.

CHARLE.

Viens-t-en, Claire, viens-t-en à la fête.

CLAIRE.

Ah ! vous voulez épouser les filles,
malgré elles !

CHARLE.

Nous verrons, nous verrons; à c'soir
monsieur l'Troubadour. (*Ils sortent.*)

SCENE VI.

MATHILDE, ALFRED.

ALFRED.

Leur colère m'amuse ! (*Montrant le contrat.*) Voici qui les appaisera. (*Il se retourne et aperçoit Mathilde toujours appuyée contre la chapelle.*) Que vois-je !

AIR : *Un jeune Troubadour.*

En croirai-je mes yeux ?
Gentille pélerine,
Qui seule s'achemine,
Et qui prie, en ces lieux.
Trop heureux Troubadour,
Peut-être, ici, vient-elle
T'apporter de ta belle,
Doux souvenir d'amour !

(*Il s'approche.*)

Même air.

Madame. excusez-moi ;
Mais pour charmer ma vie,
Mathilde la jolie,
Reçut, jadis, ma foi.

Laissa-t-on au retour
Sur des rives cruelles,
Parmi les infidèles,
L'objet de mon amour ?

MATHILDE *à part.*

Je sens battre mon cœur
Et d'amour et de haine !

ALFRED.

Ah ! terminez ma peine,
Rendez-moi le bonheur ;
Verrai je, enfin , venir
Son retour que j'implore !
Sachez que je l'adore.

MATHILDE *se retournant.*

Pourquoi donc la trahir ?

ALFRED.

Mathilde !

MATHILDE.

Oui, Comte ; Mathilde qui vient du
fond de l'Orient pour être témoin de
votre perfidie.

ALFRED.

Ma perfidie !

AIR *de la Tyrolienne.*

DUO.

Ah ! ne crains pas que jamais je t'oublie ;
De mon amour ton cœur a-t-il douté ?
Je suis fidèle autant que toi, jolie,
Va, tu dois croire à ma fidélité.

MATHILDE.

Je ne crois plus ton langage,
  Tu dois fuir loin de moi.
Quand d'amour le doux servage
  Nous tenoit sous sa loi,
    Je ne croyois pas
    Si quelqu'un, hélas !
   Dut trahir sa foi,
    Que ce seroit toi.
Je ne crois plus ton langage, } *bis.*
  Tu dois fuir loin de moi.

ALFRED.

Va, tu peux croire au plus tendre langage,
L'amour toujours me retient sous ta loi ;
Si l'un de nous peut être un jour volage,
J'en fais serment ce ne sera pas moi.

(*Il se jette à ses pieds, Marcel arrive.*)

SCENE VII.

Les mêmes, MARCEL. Villageois *chargés de guirlandes et de bouquets.*

MARCEL.

Ah ! par exemple, c'est trop fort.

ALFRED *à part, gaiment.*

Marcel ! je suis perdu.

MARCEL.

Tudieu ! monsieur l' Troubadour, quel gaillard vous fait's ! Il vous faut des péle-rines.

ALFRED.

Ah ! mon cher Marcel, vous me voyez transporté.

MARCEL *avec un gros rire.*

Oui, transporté !... à ses pieds.

AIR : *Songez donc que vous êtes vieux.*

J' vois qu' vous ne vous déplaisez pas,
Auprès d' la belle pélerine ;
Allons, il faut suivre mes pas ;
Pardon, madam', si j' vous chagrine.

Mais ma fill' l'attend et, d'bonn' foi,
C'est son amant, s'il étoit l' vôtre,
Vous n' seriez pas content', je croi,
Qu'il vous plantît là pour un' autre.

MATHILDE *à part.*

Suis-je assez outragée !

ALFRED *à part.*

Et je ne puis lui dire la vérité.

MATHILDE (*sé remettant , à Marcel.*)

Rassurez-vous, je ne viens point trou—.
bler votre félicité. Si ce Troubadour étoit à
mes pieds, c'étoit seulement pour me rendre hommage.

MARCEL.

Pour vous rendre hommage ! c'est dif-
férent ; ce n'est pas défendu ; c'est que ,
voyez-vous , il épouse not' fille demain !

MATHILDE.

Il l'aime, sans doute , beaucoup ?

MARCEL.

Il en est fou, quoi !

ALFRED , *bas.*

Ne dites donc pas cela.

5

MARCEL.

Je veux l'dire moi (*à Mathilde.*). Vous assist'rez à la cérémonie : ça vous fera plaisir à voir.

MATHILDE.

Je ne doute point que le Troubadour Alfred n'ait beaucoup d'amour pour votre fille ; mais je ne puis rester à son hymen ; (*en soupirant.*) mon pélerinage n'est point fini.

MARCEL, *à Alfred.*

Ah ça , tout est disposé pour la fête ; l'Roi s'est dirige vers le grand chène; nous voilà tous , profitons du moment.

ALFRED.

Je vous suis , mon cher Marcel.

MARCEL.

Non pas , non pas ; vous viendrez avec nous.

ALFRED, *bas.*

Je voudrois être, un instant, seul, avec madame.

MARCEL, *haut.*

Pour lui rendre encore des hommages,
pas vrai? oh! je n'entendons pas cela :
l'Roi avant tout.

AIR *D'une walse de Mozart.*

Allons, amis, allons offrir
A c'bon Roi not' hommage.
Ce village,
Qu'il daign' chérir,
Ne peut trop le bénir.

ALFRED (*prenant son luth.*)

Par ses accords, que mon luth vous enflâme :
Unissons-nous pour fêter ce beau jour ;
L'amour du Roi doit occuper notre ame.

(*bas à Mathilde.*)

Un autre amour,
Ce soir, aura son tour.

CHŒUR (*en dansant.*)

Allons, amis, allons offrir
A c'bon Roi not' hommage, etc.

MATHILDE (*bas à Alfred.*)

Ah! c'en est trop ingrat, et cette offense,
Pour te punir, peut-être, de ce jour,
Met dans mon cœur l'amour de la vengeance.

ALFRED (*l'interrompant en jouant de son luth.*)

Un autre amour,
Ce soir, aura son tour.

CHŒUR (*en dansant et en agitant les bouquets.*)

Allons, amis, allons offrir
A c'bon Roi not' hommage ;

Ce village,
Qu'il daign' chérir,
Ne peut trop le bénir.

(*Ils sortent.*)

Fin du second Acte.

ACTE III.

Le Théâtre représente l'endroit le plus sombre du bois. Un grand chêne occupe le milieu de la scène ; un banc de gazon est sous l'arbre. A droite est un taillis.

SCENE Ire.

LE ROI.

(Il arrive par une des allées du fond ; il lit.)

A<small>IR</small> : *Bocage que l'aurore.*

Paisible solitude,
Doux calme des forêts,
Pour l'ami de l'étude
Que vous avez d'attraits.
Dans votre heureux silence,
Que j'aime à m'oublier :
Ici, l'homme qui pense
S'appartient tout entier !

Et toujours un charme inconnu semble ramener mes pas vers cet arbre chéri ; son ombre protectrice répand dans tous mes sens, je ne sais quelle douce satisfaction... Oui, lorsque j'ai commis une erreur sur le trône, ici, je me réconcilie avec moi-même.

AIR : *Muse des Bois.*

Quand je servois une cause sublime
Je recherchais un immortel renom,
Et la Victoire aux échos de Solime
A bien souvent fait redire mon nom ;
Mais, en ces lieux, ma gloire est plus certaine :
J'ai déposé le glaive du guerrier.
Et, désormais, illustré par ce chêne,
Je le préfère au plus brillant laurier,

Voici l'heure où mon champêtre tribunal va s'ouvrir (*avec gaîté et s'asseyant sous l'arbre*), j'aurai de l'occupation aujourd'hui ! Le père Marcel n'entend pas facilement raison (*musique douce et harmonieuse*). Malgré la voûte de ces arbres, la chaleur du jour est accablante (*suite de l'air*) et le sommeil appesantit ma paupière. (*suite de l'air*) Ce n'est pas la première fois qu'il m'a surpris dans ces forêts... ,(*suite de l'air*) Je ne puis lui résister... (*Il s'endort*).

RÈVE.

CHŒUR AÉRIEN.

AIR : *Dors, chaste fille.*

Dors, ô grand Prince, honneur de notre France :
 Elu de Dieu, Roi sans pareil,
 Un rêve heureux, par sa présence,
 Vient embellir ton paisible sommeil.

*(A la fin du chœur le feuillage du chêne
se sépare, et laisse voir une auréole bril-
lante dans laquelle se trouvent les images
de* LOUIS XII, FRANÇOIS Ier, HENRI IV,
LOUIS XIV *et* LOUIS XVIII ; *entre ces deux
derniers, on distingue quelques palmes.*
LE GÉNIE DE LA FRANCE *sort du tronc de
l'arbre.*)

LE GÉNIE.

AIR : *Ce magistrat irréprochable.*

Grand Roi, vois le brillant Génie,
 Protecteur du peuple Français,
 Qui, de ta race, au loin benie,
 Vient te révéler les secrets.
 Suivant ton généreux exemple,
 Fier du passé qu'il peut chérir,
Heureux le roi qui, sans effroi, contemple
 Les annales de l'avenir.
(Il montre le chêne.)

AIR de la Hullin.

Ainsi, dans ses brillans rameaux,
L'arbre de ta race féconde
Portera, pour l'honneur du monde,
Et des sages et des héros.

Vois ce Roi plein de clémence,
Qui, de ses sujets aimé,
Sera, dans toute la France,
Pere du peuple nommé.

Et ce prince, souvent vainqueur,
Qui doit aux arts donner la vie,
Et qui, dans les champs de Pavie,
Doit perdre tout, hormis l'honneur.

Et ce prince magnanime
Qui, dans tous les temps chéri,
Sera d'un accord unanime
Surnommé le bon Henri.

Vois ce prince majestueux
Dont la noble et vaste puissance
Doit, pour la gloire de la France,
Enfanter un siècle fameux.

Ici, mon ame trop émue,
Par les plus cruels malheurs,
Ne peut offrir à ta vue
Que des palmes et des pleurs.

Mais vois ce prince vertueux,
Par des ingrats, privé du trône,
Et qui voulant se venger d'eux,
Un jour viendra les rendre heureux!

Les fils que le ciel te donne
Seuls peuvent sauver l'Etat ;
Seuls, de ta noble couronne,
Ils conserveront l'éclat.

Ainsi, dans ses brillans rameaux,
L'arbre de ta race féconde
Portera, pour l'honneur du monde,
Et des sages et des héros.

CHŒUR AÉRIEN.

Dors. ô grand Prince. honneur de notre France,
Elu de Dieu. Roi sans pareil,
Ce rêve heureux, par sa présence,
A dû charmer ton paisible sommeil.

(Pendant ce chœur, le GÉNIE rentre dans le tronc de l'arbre, le feuillage se referme et le rêve cesse.)

SCENE II.

Le ROI *endormi*, le Chevalier ROGER, LE JUGE, MARCEL, CLAIRE, CHARLE, VILLAGEOIS, LES PÉLERINES.
(Ils avancent doucement entre les arbres.)

MARCEL.

AIR : *Berce, berce !*

Doucement, que rien ne l'éveille,
Ne troublons point son repos enchanteur ;
Car vous savez qu' not'roi n' sommeille
Que pour rêver à not' bonheur.

LE CHEVALIER, contemplant le ROI.

Ah! quelle plus heureuse marque
De l'amour de tous les Français;
La sécurité du Monarque
Est la louange des sujets.

*(Pendant ce chant, quelques villageois
attachent des guirlandes au chêne.)*

CHŒUR.

Doucement, etc.

LE ROI *s'éveillant et regardant autour de lui, avec attendrissement.*

O plaisir pur, bien rare sur le trône,
Heureux sommeil,
Charmant réveil !
Un peuple attendri m'environne,
Et mes courtisans
Sont absens!

CHŒUR.

Mais voilà déjà qu'il s'éveille
Et { vous troublez / nous troublons } son repos enchanteur,
Et cependant jamais il ne sommeille
Que pour { faire / rêver à } { votr' / notr' } bonheur.

LE ROI , *avec bonté.*

Il me semble, mes amis, que vous êtes venus plutôt que de coutume, aujourd'hui.

MARCEL.

Sire , j'avions not' raison pour ça. Allons , mes amis , v'là l' moment (*à part*) et mon Troubadour qui n'vient pas.

CHŒUR *s'avançant et présentant les bouquets au Roi.*

AIR : *En revenant du village.*

Sir' , recevez du village
Les vœux les plus flatteurs
Et tout's les fleurs ,
C'est un bien modeste hommage ;
Mais c'est celui d' nos cœurs.

MARCEL , *offrant une gerbe.*

D'puis votre retour en France
J' vois
Qu' tout germ' , qu' tout pousse autour de moi ;
Vous nous ram'nez l'abondance ,
V'là c' qui prouve un bon Roi.

CHŒUR.

Sir' , etc.

CHARLE, *offrant un lys.*

D'puis long-temps, par un' bévue,
Ma foi,
Je n'avais pas de lys chez moi ;
Enfin, cett' fleur est r'venue
V'là c' qui prouve un bon Roi.

CHŒUR.

Sir', etc.

CLAIRE, *offrant des fruits.*

Sir', tout' les fillett's vous prient,
D' bonne foi,
De prendr' ces fruits cueillis par moi ;
Grace à voùs ell's se marient.
V'là c' qui prouve un bon Roi.

CHŒUR.

Sir', etc.

LE JUGE.

Par votre équité sévère,
Pour loi,
Chacun a pris la bonne foi ;
Les Juges n'ont rien à faire,
V'la c' qui prouve un bon Roi !

CHŒUR.

Sir', etc.

LE ROI *avec bonté.*

AIR : *La fête des bonnes gens.*

J'accepte votre offrande ,
Elle a droit de me charmer;
Votre Roi ne demande
Que de se voir aimer.
Oui, mon ame est satisfaite,
Et je prétends qu'à jamais
On célèbre dans ma fête ,
Celle de tous les Français!

CHŒUR.

Oui son ame , etc.

MARCEL (*à part.*)

Et not' gendre n'est pas ici ! je gage-
rions qu'il court après la pélerine. Man-
quer la fête du Roi !

LE ROI.

Allons , mes amis ; nous avons plusieurs
causes à juger aujourd'hui : (*Il s'assied sur
le banc , les Villageois se placent à droite
et à gauche. Tableau.*)
'Je suis prêt à vous entendre.

TOUS *parlant à la fois.*

Sire , il faut que je vous disions...

6

Le Roi, *riant.*

L'un après l'autre.

Le Juge.

C'est une formalité indispensable !

Le Roi.

Commencez, Marcel.

Marcel.

D'abord, Sire, il faut que vous sachiez que j'ons perdu not' procès.

Le Juge.

S'il est perdu, il est tout jugé !

Marcel.

Oui ; mais il est mal jugé !

Le Roi.

Quel étoit donc ce différend ?

Le Juge.

Marcel avoit tort : il plaidoit contre un de premiers seigneurs du royaume !

Marcel.

Sire, c' seigneur s'est avisé de détourner

la rivière pour donner de l'eau à son jardin,
et il veut absolument la faire passer tout
au travers de ma ferme, en disant qu'il
faut ben qu'ell' passe queuque part.

LE JUGE.

Est-ce que ce n'est pas juste cela ?

LE ROI, *riant.*

Et l'on vous a condamné, Marcel ?

MARCEL.

Oui, Sire ; avec frais et dépens.

LE ROI.

Je casse l'arrêt. Chevalier. Roger, vous
ferez témoigner mon mécontentement aux
juges de Marcel.

AIR : *Epoux imprudent.*

Les honneurs, le rang. l'opulence,
Ici, ne donnent point de droits ;
Et les Français, sans préférence,
Sont tous égaux devant les lois.
Si, naguère, on les vit atteindre
L'homme paisible et vertueux,
Je veux que sous mon règne heureux
Le méchant seul puisse les craindre.

(*Il se rassied.*)

Tous.

Vive le Roi !

MARCEL.

Sire , à présent que vous avez ben voulu me faire justice, je vous demandons la plus grande de toutes les faveurs.

LE ROI.

Parlez , Marcel !

MARCEL.

C'est d'vouloir ben signer le contrat de ma fille , que j'vas marier , en vot' honneur.

CLAIRE.

Ah ! Sire , voilà notre cause.

CHARLE.

Sire, vous m'avez promis justice.

SCENE III.

Les mêmes , MATHILDE , s'avançant.

MATHILDE.

Sire , prenez pitié de ma peine.

MARCEL.

Qu'est-ce que tout ça veut donc dire?

LE CHEVALIER.

C'est Mathilde!

SCÉNE IV.

Les mêmes. ALFRED, *arrivant secrètement derrière le taillis.*

ALFRED (*à part.*)

Je cherchais Mathilde, et je l'ai vue se diriger vers ces lieux.

MATHILDE.

AIR : *Que ne suis-je la fougère.*

D'une offense trop cruelle,
Vengez un cœur amoureux ;
Ordonnez que l'infidèle
Ne puisse, ailleurs, être heureux,
Avant l'instant où la haine
Remplacera mon amour ;
Las ! je sens trop que sa peine
Durera bien plus d'un jour.

ALFRED (*à part.*)

Que je voudrois la détromper ?

LE ROI.

Qui accusez-vous ? Madame,

MATHILDE.

Le Troubadour Alfred.

CLAIRE,

Sire ! et moi aussi.

CHARLE.

Et moi d'même.

LE JUGE.

J'ai aussi des plaintes à porter contre
lui.

LE ROI, *riant,*

Comment, tout le monde,

MARCEL.

Jarni, Sire, j'ons aussi envie d' l'accu-
ser d' n'avoir pas paru à la fête. C'est
pourtant lui qui a tout fait.

MATHILDE.

Je l'accuse de m'avoir trahie.

CLAIRE,

Je l'accuse de vouloir m'épouser,

CHARLE.

Moi, d'faire la cour à toutes les filles du village.

LE JUGE.

Moi, Sire, je l'accuse........,

LE ROI, *l'interrompant.*

Où est-il ce Troubadour. Il faut du moins que je l'entende. Qu'on l'amène à l'instant,

LE JUGE.

Je vais procéder à son arrestation,

ALFRED.

M'arrêter ! (*S'avançant noblement au milieu du cercle.*) Sire, voici le coupable !

LE ROI, *se levant.*

Que vois-je! le comte de La Marche!

LES VILLAGEOIS,

Un Comte!

ALFRED.

AIR *de Doche.*

Loin de ces rives adorées.
Je fus banni, sans être criminel ;
Mais en bravant vos lois sacrées,
J'ai mérité mon sort cruel.

Du prix de mon exil propice
Je dois vous faire l'abandon.
J'avois droit à votre justice,
  (*Il se jette à ses pieds.*)
Je n'espère plus qu'un pardon.

LE ROI.

Relevez-vous, Comte. Avant de songer à vous punir pour une offense qui m'est personnelle, (*montrant Claire et Mathilde en riant*) je dois satisfaire vos accusateurs.

ALFRED.

La belle Matilde m'accuse de l'avoir trahie ; Charle, de vouloir lui enlever sa maîtresse ; Claire, de chercher à devenir son mari ; (*lui présentant le contrat*) lisez, Sire (*avec gaité*), et que mon innocence paroisse dans tout son jour.

LE ROI.

C'est le contrat de Charle et de Claire.

CLAIRE *et* CHARLE.

Vraiment !

MARCEL , *le prenant.*

Comment !

MATHILDE.

Je respire.

CLAIRE et CHARLE.

L'aimable Troubadour !

MARCEL.

Morgué, ventregué ! il m'auroit joué
un tour, comme celui là.

ALFRED.

Sire, c'est moi qui vous conjure de
condamner Marcel à faire ce mariage dès
ce soir.

LE ROI.

Qu'en dites-vous, Marcel ?

MARCEL.

J'dis, Sire, qu'j m'étions mis en tête
d'avóir un Troubadour pour gendre, mais
qu'j'voyons ben qu'je mourrons, sans avoir
ce plaisir.

CHARLE.

Soyez tranquille, père Marcel, j'ap—
prendrai à chanter.

LE ROI.

Monsieur le juge, vous accusiez, aussi,
le Troubadour Alfred.

LE JUGE.

Je ne savois pas que c'étoit un grand
seigneur.

ALFRED.

Sire, j'attends mon arrêt.

LE CHEVALIER et MATHILDE, *aux pieds*
du Roi.

Ah ! Sire....

LE ROI.

AIR : *Je ne suis pas de ces vainqueurs.*

« Souvent les Rois doivent punir,
« C'est un malheur de la couronne !
« Et leur rigueur doit maintenir
« L'éclat et la gloire du trône.
« Les enfers, pour nous accabler,
« Dans n s mains mirent la vengeance ;
  (*En les relevant avec bonté*)
« Mais le Ciel, pour nous consoler,
« Dans notre cœur mit la clémence. »

ALFRED.

Ah, mon Prince !

TOUS.

Vive le Roi.

LE ROI.

Revenez à ma cour, Comte, je vous
rends les honneurs que la Reine vous avoit
ôtés.

ALFRED.

Non, Sire, mon épée et ma vie vous
appartiennent ; mais permettez-moi de gar-
der ma harpe et ma gaîté.

LE ROI, *riant.*

Je ne vous presse plus ; le titre de Trou-

badour vaut bien celui de courtisan. (*Avec
bonté aux Villageois.*), au revoir , mes
enfans.

CŒUR.

Sir' , recevez du village , etc.

ALFRED.

Et vous Mathilde?

MATHILDE.

Mon pélerinage est fini.

RONDE FINALE.

MATHILDE.

AIR *de Doche.*

Je vais commencer à présent
Un voyage plus séduisant ;
Mais , en femme prudente et sage ;
Je prends dans ce pélerinage ,
Pour me soutenir en chemin ,
 Un pélerin.

ALFRED.

Partons pour ce voyage heureux ;
Mais en allant remplir nos vœux
Avec toi , quand je m'achemine ,
Jeune et charmante pélerine ,
Ne vas pas changer , en chemin
 De pélerin.

MARCEL.

L' bonheur qui court , arriv' et r'part ,
Sans jamais s'arrêter null' part ;

Vient, après une longue absence,
Faire un pélerinage en France,
Notr' Roi va fixer enfin
Le pélerin.

CLAIRE.

On dit qu' l'amour court dans les champs
Pour s' montrer aux fill's de quinze ans,
Et qu'il faut, lorsque l'on est sage,
Ne l' voir que l' jour du mariage :
Ah ! quel bonheur ! je vais voir demain
Le pélerin.

CHARLE.

Un' fois que j' serai ton époux,
Je ne serai jamais jaloux ;
Mais si quelqu'un, dans mon ménage,
Cherche à faire un pélerinage,

(*Avec le geste.*)

Moi, j'prendrai le bâton, soudain,
Du pélerin.

MATHILDE *au public.*

Un chansonnier, gai troubadour,
Vers le Vaudeville, en ce jour,
Fait un secret pélerinage,
Dites, en accueillant l'ouvrage,
Que vous voulez connoître, enfin,
Le pélerin.

Imprimerie de NICOLAS-VAUCLUSE, rue
de Grenelle-St-Honoré, n. 59.

www.ingramcontent.com/pod-product-compliance
Lightning Source LLC
Chambersburg PA
CBHW070815260626
47161CB00006B/2297